Nota para los padres y encargados:

Los libros de *Read-it! Readers* son para niños que se inician en el maravilloso camino de la lectura. Estos hermosos libros fomentan la adquisición de destrezas de lectura y el amor a los libros.

 El NIVEL MORADO presenta temas y objetos básicos con palabras de alta frecuencia y patrones de lenguaje sencillos.

 El NIVEL ROJO presenta temas conocidos con palabras comunes y oraciones de patrones repetitivos.

 El NIVEL AZUL presenta nuevas ideas con un vocabulario más amplio y una estructura gramatical más variada.

 El NIVEL AMARILLO presenta ideas más elevadas, un vocabulario extenso y una amplia variedad en la estructura de las oraciones.

 El NIVEL VERDE presenta ideas más complejas, un vocabulario más variado y estructuras del lenguaje más extensas.

 El NIVEL ANARANJADO presenta una amplia de ideas y conceptos con vocabulario más elevado y estructuras gramaticales complejas.

Al leerle un libro a su pequeño, hágalo con calma y pause a menudo para hablar acerca de las ilustraciones. Pídale que pase las páginas y que señale los dibujos y las palabras conocidas. No olvide volverle a leer los cuentos o las partes de los cuentos que más le gusten.

No hay una forma correcta o incorrecta de compartir un libro con los niños. Saque el tiempo para leer con su niña o niño y transmítale así el legado de la lectura.

Adria F. Klein, Ph.D.
Profesora emérita, California State University
San Bernardino, California

Editor: Patricia Stockland
Storyboarder: Amy Bailey Muehlenhardt
Page Production: Melissa Kes/JoAnne Nelson/Tracy Davies
Art Director: Keith Griffin
Managing Editor: Catherine Neitge
The illustrations in this book were created in acrylic.
Translation and page production: Spanish Educational Publishing, Ltd.
Spanish project management: Jennifer Gillis/Haw River Editorial

Picture Window Books
5115 Excelsior Boulevard
Suite 232
Minneapolis, MN 55416
877-845-8392
www.picturewindowbooks.com

Library of Congress Cataloging-in-Publication Data
Blair, Eric.
[Legend of Daniel Boone. Spanish]
La leyenda de Daniel Boone / por Eric Blair ; ilustrado por Micah
Chambers-Goldberg ; traducción, Sol Robledo.
p. cm. — (Read-it! readers)
Summary: Relates episodes from the life of Daniel Boone, a talented hunter and woodsman
who helped explore the American West.
ISBN 1-4048-1656-9 (hard cover)
1. Boone, Daniel, 1734-1820—Juvenile literature. 2. Pioneers—Kentucky—Biography—
Juvenile literature. 3. Frontier and pioneer life—Kentucky—Juvenile literature.
4. Kentucky—Biography—Juvenile literature. I. Chambers-Goldberg, Micah, ill. II. Title.
III. Series.

F454.B66B5718 2006
976.9'02'092—dc22   2005024748

La leyenda de Daniel Boone

por Eric Blair
ilustrado por Micah Chambers-Goldberg
Traducción: Sol Robledo

Con agradecimientos especiales a nuestras asesoras:

Adria F. Klein, Ph.D.
Profesora emérita, California State University
San Bernardino, California

Kathy Baxter, M.A.
Ex Coordinadora de Servicios Infantiles
Anoka County (Minnesota) Library

Susan Kesselring, M.A.
Alfabetizadora
Rosemount-Apple Valley-Eagan (Minnesota) School District

PICTURE WINDOW BOOKS
Minneapolis, Minnesota

Daniel Boone nació en una cabaña
en Pensilvania.

4

Un día, Daniel tiró el seguro de
su pañal. El seguro cruzó el cuarto
y le dio a su botella. Los papás
de Daniel supieron que sería
un gran cazador.

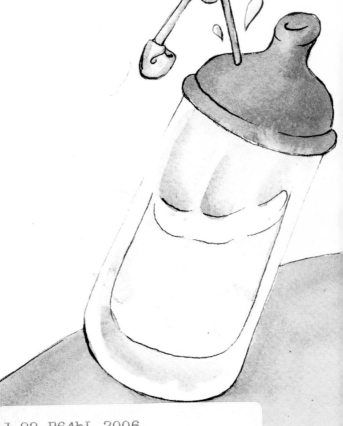

Daniel necesitaba saber muchas
cosas para ser un buen cazador.

Los indígenas le enseñaron a moverse calladito por el bosque.

Daniel aprendió a seguir y a cazar animales. Aprendió a pescar.

Daniel cazaba venados, osos y aves para alimentar a su familia.

Daniel cazaba con cuchillos
y hachas.

Podía aventarlos tan lejos
que nadie los veía.

Conforme Daniel crecía, más aventuras tenía. Una vez, peleó con un oso tres días.

El oso se rindió al tercer día

y regresó a su cueva.

El hermano mayor de Daniel pensó que él necesitaba más armas que cuchillos y hachas.

Así que le hizo un rifle largo.
Lo nombró Matagarrapatas.

Con su nuevo rifle, Daniel podía tumbar una garrapata de un venado sin rasparle la piel.

Daniel podía dispararle a una
bellota a 300 pasos.

Daniel decidió mudarse al Oeste.

No había caminos para llegar.
Así que Daniel siguió el camino
de los indígenas y los búfalos.

Daniel quería que otras personas se mudaran al Oeste.

Llevó a quince hombres con hachas. Hicieron el camino para los exploradores.

Pronto, los pioneros comenzaron
a ir al Oeste por el camino
de Daniel Boone.

El camino no siempre era seguro.
Había animales y ladrones. Daniel
se escondía entre los árboles para
proteger a los pioneros.

Les disparaba a los osos y
a los bandidos para asustarlos.

Un día, Daniel vio unos ojos azules.
Nunca había visto un animal con
ojos azules.

Los ojos eran de una mujer de nombre Rebeca. Le gustaba el bosque tanto como a Daniel.

Daniel y Rebeca decidieron casarse.

Construyeron una cabaña en el
Oeste y vivieron felices por siempre.

Más *Read-it! Readers*

Con ilustraciones vívidas y cuentos divertidos da gusto practicar la lectura. Busca más libros a tu nivel.

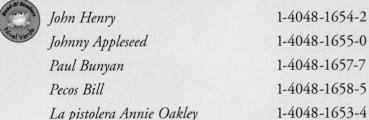

CUENTOS EXAGERADOS

John Henry	1-4048-1654-2
Johnny Appleseed	1-4048-1655-0
Paul Bunyan	1-4048-1657-7
Pecos Bill	1-4048-1658-5
La pistolera Annie Oakley	1-4048-1653-4

¿Buscas un título o un nivel específico? La lista completa de *Read-it! Readers* está en nuestro Web site: *www.picturewindowbooks.com*